A Mathias –
Bon voyage au pays des ours.
Joëlle

Mischa et ses Frères

Hans Baumann

Reinhard Michl

Adaptation Syliane Doise

Dans la forêt vivait un ours, très vieux et très sage.
Il habitait seul, tout seul, dans une grotte.
Là, tous les autres ours de la tribu venaient lui demander conseil.
Un jour, un jour beau et froid, un ourson vint au monde dans la neige épaisse de l'hiver.
Le vieil ours très sage le regarda, une patte sous le menton, et dit : « Celui-ci connaîtra beaucoup d'aventures ! »
Les mois et les saisons passèrent. D'abord le printemps, l'été, puis l'automne. Le bébé ours quitta la forêt sans rien dire à personne. Ses amis le cherchèrent partout, dans les fourrés, sous les feuilles, sur les arbres... Rien ! Il était parti...
Bientôt on abandonna les recherches. Il y avait tant d'autres choses à faire : manger, manger, manger avant de s'enrouler dans sa fourrure pour l'hiver et de se réveiller bien plus tard, quand le printemps revient. C'était cela la vie d'ours.
Et tous étaient contents.

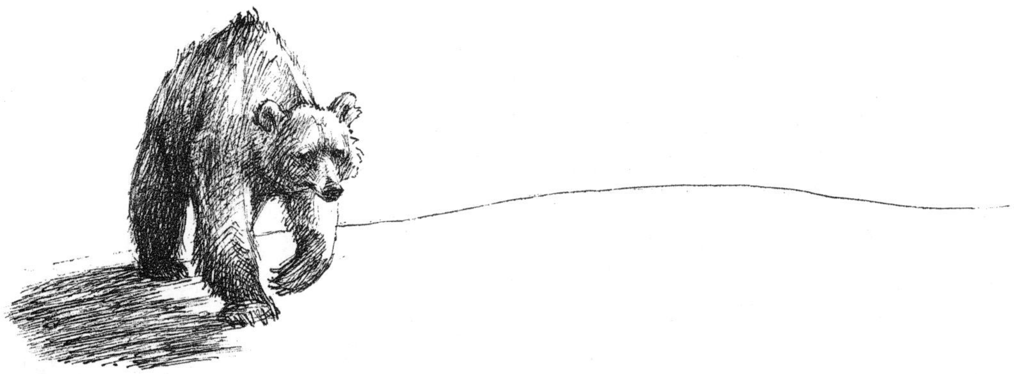

Mais un matin d'octobre, une surprise allait changer leur vie. C'était une journée chaude et les arbres étaient couverts d'or et de feu. Tout à coup, au loin, on vit arriver un ours. Un gros ours, qui agita la patte pour dire bonjour. On le reconnut aussitôt. C'était lui, l'ourson disparu depuis trois ans. Il était devenu grand et fort, aussi fort que les plus forts de la tribu.
Dans la forêt la nouvelle se répandit comme un rayon de miel : « Il est revenu ! Il est revenu ! » Tout le monde s'embrassait à coups de langue, et puis on fit cercle. On avait mille questions à poser.
« Raconte, raconte, disaient les ours. Dis-nous comment c'est dehors. Nous, nous n'avons jamais quitté la forêt. Nous voulons tout savoir. »

L'ours s'assit contre le tronc d'un chêne et commença :

« D'abord, je n'ai jamais vraiment voulu vous quitter. Ce jour-là, il y a donc trois ans de cela, je me promenais sans penser à rien. C'était un matin comme aujourd'hui. Le soleil brillait et les arbres étaient pleins de couleurs. Je me suis retrouvé au bord du chemin, juste à la sortie du bois. Sur la route, j'ai vu une petite fille et un vieil homme arrêtés sur le talus. Le vieil homme a sorti quelque chose de son sac. Le vent m'a apporté une drôle d'odeur, un parfum qui me chatouillait le nez. Je me suis approché et j'ai vu que la fillette tenait dans sa main un beau gâteau de miel. Le vieux monsieur en avait un aussi. J'ai reniflé de son côté. Et vous savez quoi ? Il sentait l'ours ! Oui, mes frères, il sentait comme nous ! Alors, je me suis approché. L'homme m'a regardé et m'a dit : « Prends, Mischa, prends. » Et il m'a offert du miel ! Le gâteau était si bon que je ne pensais plus à rien. L'homme a dit à l'enfant : « N'aie pas peur de Mischa. » Mais la petite fille s'était cachée dans le manteau du vieil homme. Celui-ci s'est tourné vers moi : « Viens avec nous, Mischa. » Et voyant que j'hésitais, il m'a redonné un peu de miel. Je l'ai avalé rapidement. Après avoir fini mon gâteau, je me suis retourné. La forêt était déjà loin, et j'avais un nom : je m'appelais Mischa. Je sais ce que vous pensez, continua Mischa, vous croyez que je vous ai quittés pour le miel ou pour le vieil homme qui sentait l'ours. Mais ce n'est pas seulement à cause de tout cela...

Il y avait surtout la petite fille. Elle était sortie de sa cachette. Elle me regardait. Elle avait encore un peu peur. Et puis elle a compris que je ne lui ferais pas de mal. Alors, elle a souri. Son joli visage était devenu clair comme un rayon de miel. »
Les frères ours écoutaient attentivement et hochaient la tête. Leurs yeux brillaient. Les plus gourmands pensaient au miel. Mischa s'en aperçut et poursuivit : « Le vieil homme connaissait bien les ours. Savez-vous ce qu'il faisait quand nous arrivions dans un endroit où bourdonnaient les abeilles ? Eh bien, il allumait sa pipe. Il soufflait de petits nuages. Il était alors tout enveloppé de fumée. A ce moment, il se dirigeait vers la ruche et quand il revenait, il avait beaucoup de miel. Et il n'était jamais attaqué. Ça, aucun ours ne peut le faire !

— Et la fillette ? demandèrent les frères ours.
— Ce n'était encore qu'une toute petite fille, répondit Mischa. Le premier jour, elle se mit à la droite du vieux, car moi, j'étais de l'autre côté de l'homme, à sa gauche. Mais à la tombée de la nuit, une nuit très froide, le vieil homme dit à l'enfant : « Regarde comme il fait froid ! Tu sais, nous avons de la chance d'avoir trouvé Mischa. Tu as vu sa fourrure ? Il va te tenir chaud ! »
Et il se tourna vers moi : « Tu veilleras à ce que la petite n'attrape pas froid, hein Mischa ? »
Et toute la nuit, je serrai la petite fille contre moi.
Le lendemain matin, le vieil homme demanda à l'enfant : « Alors, as-tu bien dormi ? »
La petite fille répondit, en s'étirant :
« Comme dans un nuage. » Le vieux lui demanda aussi : « Est-ce que tu as eu chaud ? — Oh oui, comme près d'un poêle ! » A partir de ce jour-là, le vieil homme marcha à droite, moi à gauche et l'enfant au milieu.

— Et du miel, tu en mangeais chaque jour ? demanda un ours.
— Pas tous les jours, avoua Mischa, mais quand j'en avais, c'était toujours sans piqûre d'abeille, vous vous rendez compte ! Et tout le temps que j'ai passé avec eux, nous avons mangé à notre faim. Dans les villages et les villes, les gens étaient heureux de nous voir. Les animaux, au contraire, s'affolaient. Les poules caquetaient, les oies braillaient, les chiens aboyaient.
Tout ce bruit, seulement à cause de moi.
Ils avaient peur. Heureusement, les enfants étaient nos amis. Eux, ils voyaient tout de suite si nous avions faim. Même les grandes personnes s'approchaient pour nous regarder. La petite fille savait apporter tant de joie ! »

Les ours, intrigués, levèrent la tête : « Et qu'est-ce qu'elle faisait ? »
— C'est simple, dit Mischa, elle dansait ! Elle tournait, tournait, elle était aussi légère qu'une feuille qui tourbillonne dans le vent. Le vieux jouait du tambour. Les gens jetaient des pièces et les enfants nous apportaient à manger.
Un jour, le vieux me secoua et dit : « Ah Mischa, si seulement tu savais danser ! Tu sais, nous gagnerions beaucoup plus d'argent... »
Alors, j'ai essayé...

Au début, ce n'était pas facile. Mais le vieil homme avait beaucoup de patience. Avec la petite fille ils me montraient ce qu'il fallait faire. Bientôt, je dansai aussi bien que l'enfant. Enfin, ce n'est pas tout à fait ça. Moi, je dansais comme un ours, elle, comme une fillette. Et c'est justement cela qui devait plaire aux gens. Quand je dansais, je tenais toujours une rose et à la fin de la danse, je la donnais à la petite fille.
Les gens n'en finissaient plus d'applaudir. Et ils jetaient beaucoup plus de pièces dans le tambour. Le vieux avait raison. »
Les ours s'agitaient dans tous les sens.
« Montre-nous ce que tu sais faire ! » criaient-ils.
Mais Mischa refusa : « Non, ici ce n'est pas possible. Dans la forêt, il n'y a personne pour me regarder ! »

Les ours se mirent en colère : « Et nous alors, on ne compte pas !
— Sans la petite fille, je ne peux pas », dit Mischa. Un des ours arracha alors une jeune pousse d'arbre et la planta dans la terre, juste devant Mischa. « Tiens, imagine que c'est la fillette. » Mischa attrapa la jolie branche toute dorée et commença à danser. Dans la forêt, on entendait un oiseau. Son chant rappela à Mischa la flûte d'osier. Il se mit à tourner sur lui-même. Les ours le regardaient attentivement. Ils se mirent à grogner en chœur comme pour l'accompagner. Au bout d'un moment, ils s'amusaient tellement qu'ils voulurent danser aussi. « Allez, apprends-nous », demandèrent-ils.

Mischa n'était pas bien d'accord. Mais ses frères étaient têtus. Et il céda. Il fit quelques pas légers en avant. Ensuite, il se balança doucement sur ses pattes arrière. Les ours commencèrent à l'imiter. Mais ils retombaient tous sur leurs gros derrières. Au début, ils riaient beaucoup ; mais bientôt, chaque ours s'aperçut que lorsqu'il roulait dans la poussière, les autres se moquaient de lui.
Soudain, plus personne n'eut le cœur à jouer.
« Comment un ours peut-il accepter de danser ainsi ? » s'exclama l'un des apprentis danseurs, très vexé. Et il ajouta : « Et en plus, cela a duré trois ans ! »

Les ours s'écartèrent. Ils regardèrent Mischa avec des yeux sévères :
« Mais qu'avez-vous ? demanda-t-il. Maintenant, je ne danse plus, c'est fini.
— Oui, peut-être, mais tu l'as fait, reprit l'un des ours. Un ours, un vrai, un qui se respecte, ça ne fait pas de telles choses !
— Mais j'avais faim, cria Mischa, et puis, je ne pouvais pas laisser la petite fille mourir de froid !
— Pour lui tenir chaud, tu n'étais pas obligé de lui donner une rose ! » se moqua l'un des ours. A ce moment, Mischa s'aperçut qu'il tenait encore dans sa grosse patte la petite branche dorée. Il la jeta. Dans la forêt, l'oiseau ne chantait plus. Les ours restaient immobiles comme des pierres.

Alors Mischa raconta : « Vous savez, ce n'était pas toujours facile pour moi. Parfois mes pieds me brûlaient, comme si j'avais dansé sur des braises. Et puis, il y avait aussi ces routes noires, ces voitures bruyantes qui filaient plus vite que le vent. Il y avait les voies de chemins de fer où circulent des trains sombres et inquiétants comme des nuages d'orage.

Avec le vieux et la petite, nous allions d'une région à une autre. Nous marchions la nuit ou lorsqu'il pleuvait, pour ne pas laisser de traces. Eh oui, nous nous cachions, car les hommes ont de drôles de coutumes. Chacun a sa maison, son village : c'est son territoire. Les gens comme nous, qui n'ont pas d'endroit à eux, n'appartiennent pas vraiment au monde des hommes. Mes amis en souffraient... C'était encore plus dur l'hiver. Ils n'avaient pas une bonne fourrure pour les protéger du froid. Et puis nous avions faim aussi.

Parfois, lorsque nos estomacs étaient trop vides, le vieux s'introduisait en cachette dans les villages, une fois la nuit tombée. Il rapportait des poules. Quand l'enfant demandait d'où elles venaient, il répondait : « Elles sont comme nous, elles viennent de nulle part. » Et ces poules qui venaient de nulle part, elles allaient dans nos ventres. Elles étaient bonnes. Mais nous n'avions pas toujours la chance d'en trouver, et lorsque le printemps arrivait, nous étions si maigres qu'il fallait faire attention à ne pas être emportés par le vent. Ces jours-là, je pensais à vous, mes frères, et à la forêt.

— Pourquoi tu ne revenais pas alors ? demanda l'un des ours.

— Mais, je suis revenu ! répondit Mischa.

— Oui, mais pourquoi pas avant ?

— Vous ne pouvez pas imaginer comme une petite fille peut craindre le froid. Certaines nuits d'hiver, il paralysait la respiration. Les étoiles brillaient comme des éclairs gelés. Nous nous traînions parfois jusqu'à des granges. Là, je réchauffais l'enfant. Je l'empêchais de mourir. Non, c'était vraiment impossible de la quitter en hiver.

— Alors, pourquoi n'es-tu pas parti en été ? rétorqua un des ours.

— Parce que le vieux jouait du tambour et qu'il fallait danser. Croyez-moi, je ne voulais plus le faire, mais je n'avais pas le choix.

— Et pourquoi ?

— Parce qu'il me tenait à une chaîne ! Voilà ! Vous le savez maintenant. » Les frères le regardèrent, éberlués. L'un d'eux interrogea : « Mais comment as-tu pu te laisser faire ? » Mischa se mit à expliquer : « Le vieux n'avait pas seulement un tambour et une flûte. Il avait aussi un grand sac, très mystérieux. Il y fourrait beaucoup de choses ! Un jour, il en sortit une chaîne. La journée avait pourtant bien commencé. La fillette et moi, nous dansions. Nous faisions route avec des gens qui voyageaient, comme nous, mais avec des voitures de toutes les couleurs. Ils nous avaient donné à manger et allumé des petits feux partout. Ils étaient forgerons. Ils savaient faire toutes sortes de choses, même des anneaux. L'un d'eux offrit un anneau en argent à l'enfant. Moi aussi, j'en reçus un. Mais il était en fer. J'étais curieux, et pendant qu'on le fabriquait, moi, je regardais. On me mit l'anneau dans le museau et le vieux y attacha une longue chaîne. J'étais furieux. Je grondais de colère. Alors, le vieux m'offrit du miel en me disant : « On est obligé de faire ça, Mischa ! Un ours comme toi ne peut pas se promener libre parmi les hommes. »
Pendant trois jours, je refusai de manger. Le vieux portait une large ceinture. Il y fixa ma chaîne. A partir de ce jour-là, je suis devenu un prisonnier.
— Mais pourtant, tu es bien là, aujourd'hui, cria un des ours. Où est la chaîne ? »

Les yeux de Mischa se mirent à briller. « Le vieux adorait me faire danser à son gré. Un jour qu'il avait beaucoup bu, il commença à se vanter : « Mon ours danse aussi longtemps que j'en ai envie ! Si je le veux, il peut danser toute la nuit ! » Mais personne ne le crut. Alors le vieux conclut un marché avec un paysan. « Si Mischa arrête de danser avant le lever du soleil, je te le donne. Que m'offres-tu en échange ? — Dix poules, répondit le paysan. — C'est trop peu, j'en veux cent ! — D'accord pour cent poules ! » s'écria le paysan.
Et le vieux commença à me faire danser. Tantôt il battait du tambour, tantôt il jouait de la flûte. Sans arrêt, il tirait sur la chaîne. Quand je m'énervais, il criait : « Doucement, Mischa, doucement ! »
La petite fille n'était pas là. Elle dormait dans la grange de l'hôtelier.
Tout à coup, je vis une tache rouge devant mes yeux. La tache s'agrandit. Je compris que c'était le soleil. Il était en train de se lever. Alors, je fis un bond énorme et je m'arrachai à ma chaîne. Le vieux criait, mais j'étais déjà loin. Le beau soleil rouge dansait devant mes yeux. Il m'avait délivré. Ce jour-là, il s'était levé pour moi. Voilà, vous savez tout maintenant ! »

Les frères ours le regardaient fixement.
L'un d'eux dit : « De toute façon, tu n'es plus comme avant ! — Mais bien sûr, lorsque je suis parti, j'étais un ourson. Aujourd'hui je suis un grand ours, comme vous. » L'ours secoua la tête : « Non, tu ne pourras plus jamais être comme nous ! — Et pourquoi ? demanda Mischa. — Parce que tu es encore attaché ! » affirma l'ours. Mischa se mit alors en colère : « Ce n'est pas vrai ! Qu'il vienne seulement, le vieux ! Et je lui montrerai ce qu'est un ours. — Je ne parle pas du vieux, dit le frère ours, je parle de l'enfant. » Mischa répondit : « C'est vrai. J'aime cette enfant. S'il n'y avait eu que la petite fille, je ne serais jamais revenu parmi vous.
— Ah, tu vois ! » crièrent les frères ours. Mischa dit : « Vous ne comprenez pas ! Quand je me suis débarrassé de la chaîne, j'étais très heureux de m'échapper. Mais lorsque je repense à la petite fille, je suis triste, comme si quelque chose me retenait encore.
— Alors, tu n'as qu'à y retourner, dit l'ours qui était tombé le plus souvent pendant la danse. Tu es, et tu resteras un ours danseur ! — En plus, tu as un nom. Nous, non ! constata un autre.
— Mais le pire, c'est que tu as été enchaîné, cria un troisième ours.
— Mais, je ne le suis plus, dit Mischa.
— Ce qu'on a été, on le reste ! » lui lancèrent méchamment ses frères.
Mischa leva ses grands yeux vers les arbres, comme pour les interroger. « Et même, on voit que tu as eu une chaîne. On le voit à ton museau tout abîmé. » Alors Mischa gronda : « C'est justement parce que je m'en suis détaché qu'on le voit !
— Est-ce qu'on le verra toujours ? » demandèrent les ours. Mischa ne répondit rien. Il s'en alla.

« Nous n'aurions pas dû le laisser partir, dit un jeune ours. — Et pourquoi ? » Les autres ours étaient très en colère. « Il nous a ridiculisés. » Ils se mirent à discuter. Soudain, l'un d'eux eut une idée : « Si nous allions voir le vieil ours très sage. Lui, il sait ce qu'est un vrai ours. Il nous dira si nous avons eu raison de laisser partir Mischa. » Ils se mirent alors en route. Le vieil ours était assis devant la grotte, au soleil. Arrivés vers lui, ils lui racontèrent ce qui était arrivé et il les écouta patiemment. A la fin de leur récit, les ours ajoutèrent : « Toi, tu donnes toujours de bons conseils. Crois-tu que nous avons eu tort de le laisser partir ?

— Peu importe ce que vous pensez de lui, dit le vieil ours, il fait partie de votre tribu, il est lié à vous pour toujours.

— Est-ce qu'il va à nouveau quitter la forêt ?

— Non, affirma le vieil ours. Maintenant, il restera ici.

— Mais que va-t-il faire désormais ?

— Il va chercher une grotte. C'est là qu'on le trouvera lorsqu'on voudra lui parler. Et un jour, tout le monde dira qu'il est un vieil ours très sage et qu'il donne de bons conseils. Vous vous demandez pourquoi ? C'est parce qu'il a connu autre chose que la forêt. Il a voyagé dans le monde. Et c'est aussi parce qu'il a eu une chaîne et qu'il a su s'en détacher. Quand on n'a pas grandi dans la forêt, on sait beaucoup de choses. Mais il faut du temps pour que les autres s'en aperçoivent. Pour moi aussi, il a fallu du temps pour que l'on dise que j'étais un ours très sage.

— Oui, mais toi, tu n'as jamais eu de chaîne », rétorqua l'un des ours. Alors, le vieil ours leva la tête. Il la pencha sur le côté. Le soleil lançait des éclats. A ce moment-là, tous purent voir la cicatrice laissée par l'anneau !

Alors, plus personne n'osa poser de questions. Mais l'ancien s'approcha un peu et dit : « Il y a une chose que je voudrais savoir : c'est son nom, car je suis sûr qu'il a un nom !

— Mischa », dit un ours.

Alors le vieil ours très sage s'exclama : « Oh ! Grand soleil ! Lui aussi !... »

Hans BAUMANN est né le 22 avril 1914 à Amberg. Professeur dans une école de village de la forêt bavaroise en 1933-34, il a d'abord écrit des chants et des pièces de théâtre. Après les années de guerre passées en URSS et une période de captivité en France, il écrit des livres pour enfants et adolescents ainsi que plusieurs albums illustrés : « Wie Tierkinder schlafen », « Und wer fährt vorn » qui seront traduits en 23 langues. Hans Baumann vit depuis treize ans à Murnau.

Reinhard MICHL est né en 1948, en Basse-Bavière. Typographe, graphiste, peintre, il a été élève à l'Académie des Arts Plastiques de Munich où il vit actuellement. Il est à présent illustrateur indépendant. Il a notamment illustré la série des Jim Knopf de Michael Ende et de nombreux livres d'enfants, parmi lesquels « Ein Tag am Fluß » traduit et publié, aux Editions Milan, sous le titre « Un jour sur la rivière ».

Imprimé en Italie par Motta - Milan

Loi 49956 du 16.07.1949 - Dépôt légal Octobre 1987 - ISBN. 2.86726.190.2